Sumário

S.O.S.

A VIDA PEDE SOCORRO

S.O.S.

A VIDA PEDE SOCORRO

Tiago de Melo Andrade

Ilustrações de Brücke Caribé

DCL
DIFUSÃO CULTURAL DO LIVRO

DIRETORA EDITORIAL:	Eliana Maia Lista
EDITORA EXECUTIVA:	Otacília de Freitas
EDITOR DE LITERATURA:	Vitor Maia
EDITORAS ASSISTENTES:	Camile Mendrot
	Pétula Lemos
PREPARAÇÃO DE TEXTO:	Renato Potenza
REVISÃO DE PROVAS:	Diego Salerno
	Ana Maria Barbosa
	Patrícia Vilar
ILUSTRAÇÃO DE CAPA:	Brücke Caribé
PROJETO GRÁFICO E DIAGRAMAÇÃO:	Pólen Editorial
FINALIZAÇÃO DE ARQUIVO:	Thiago Nieri
ASSESSORIA DE IMPRENSA:	Paula Thomaz
SUPERVISÃO GRÁFICA:	Roze Pedroso
GERENTE DE VENDAS E DIVULGAÇÃO:	Lina Arantes Freitas

Dados Internacionais de Catalogação na Publicação (CIP)
(Câmara Brasileira do Livro, SP, Brasil)

Andrade, Tiago de Melo
S.O.S. -- A vida pede socorro / Tiago de Melo Andrade ; ilustrações de Brücke Caribé. -- São Paulo : DCL, 2008.

ISBN 978-85-368-0363-0

1. Literatura infanto-juvenil I. Caribé, Brücke. II. Título.

07-9422 CDD-028.5

Índices para catálogo sistemático:
1. Ficção : Literatura infanto-juvenil 028.5
2. Ficção : Literatura juvenil 028.5

1ª edição • fevereiro • 2008

Editora DCL – Difusão Cultural do Livro Ltda.
Rua Manuel Pinto de Carvalho, 80 – Bairro do Limão
CEP 02712-120 – São Paulo/SP
Tel.: (0xx11) 3932-5222
www.editoradcl.com.br
dcl@editoradcl.com.br

Para: Luciana de Melo Andrade

Obrigado: Fausto de Vito

1

Um leque para o Imperador

Quando Luciana abriu os olhos, viu os fungos coloridos do teto. De uma mancha escura e aveludada brotavam alegres cogumelos vermelhos e alaranjados. Do antes de abrir as pálpebras, tudo de que se lembrava era o ônibus crescendo em direção ao carro. Completara dezoito anos e ganhara do pai um automóvel usado — bem usado mesmo! O fusquinha verde não deu sorte. Já no passeio de estréia terminou vitimado pela violência do trânsito.

O coletivo desceu com pressa e sem cuidado o morro da Consolação, a fim de chegar ao ponto final no prazo determinado pela empresa. Então, na toada em que ia, esfarinhou nada menos que três postes, transformou um hidrante em chafariz, sanfonou a bicicleta do carteiro e esparramou a fila dos aposentados instalada diante da Caixa Econômica. Altamiro Beltrão, oitenta anos, ao ver o veículo desembestado, passou tal sebo nas canelas que venceu sem querer a maratona que ocorria na mesma data! Magali Carqueja, setenta e oito, fugiu com tanta pressa que até se esqueceu da cadeira de rodas...

No fim do morro, depois da Caixa das economias, estava o fusquinha de Luciana com ela dentro. Voou pneu, voou caco de vidro, voou pára-choque, voou calota, e Luciana, desobedecendo à lei do cinto, voou também, aterrissando com a testa no duro dos paralelepípedos da Rua do Carmo. Nos braços dessa pancada de rachar coco-da-baía, a moça dormiu um sono de quinze anos, sem mover um dedo! No hospital passou cinco, até os terríveis acontecimentos. Mesmo sem os tais aparelhos, amparada pelo amor e o zelo da mãe, Lu sobreviveu e pôde contemplar com espanto o futuro da Terra.

Indignado por transpirar como um porco, o Imperador — imaginem! — ordenou que construíssem um novo palácio, no frescor da serra, em vez de cortar as mangas da casaca e encurtar as calças à altura dos joelhos, como sugeriu o Conselheiro das Finanças, no intuito de poupar o dinheiro público.

— Imagine um Imperador em trajes aborígines! — exclamou Sua Majestade, enquanto olhava a planta baixa da nova residência de verão.

Já nos idos tempos do Império, o aquecimento global causava transtornos e, de lá para cá, esse calorzinho só fez crescer a pança, ao ser alimentado pela mão do homem que não pára de jogar na atmosfera gases que retêm o calor solar.

Ora, naquela época de bigodes e cavanhaques, ninguém supunha que o planeta, um dia, sucumbiria, enrolado num manto nojento de gases, tramado com a fumacinha escapulida das chaminés das nascentes indústrias.

Dobrando a esquina do milênio, a humanidade escorregou no gelo das calotas polares e caiu de popa num buraco fundo e muito difícil de sair! E foi no fundo desse poço que dona Dinha, mãe de Luciana, contou para a filha, tim-tim por tim-tim, como a atmosfera habitável do planeta foi pro beleléu, deixando a vida na Terra por um fio. O causo é mais ou menos o seguinte:

2

Tempo do sono:

Redemoinho em que saci não pega carona...

Na época em que o ônibus malvado pôs Luciana para dormir, já era manchete nos jornais e revistas o perigo desse tal de aquecimento global, também conhecido pela alcunha de efeito estufa. O professor Gilberto Gibran de Oliveira pôs as fuças na TV e soou o alarme alarmante:

— O mundo está à beira de uma catástrofe! Se não apagarmos o charuto das chaminés, o céu cairá sobre nossas cabeças! A poluição engole nossa querida Terra com boca fumegante de dragão. Um calor dos capetas que nosso delicado lar não pode suportar!

Milhões de telespectadores, sintonizados naquele momento, continuavam ouvindo o clamor do honorável mestre:

— Temos que mudar nossos hábitos hoje, agora, para evitarmos tempos sombrios. O gelo dos pólos está derretendo e, se a água continuar nesta marcha, em breve muita gente estará morando embaixo d'água! Novas e terríveis doenças podem surgir! O clima ficará de ponta-cabeça, alternando secas e enchentes! Faltará água potável e comida também, minha gente! Se não estancarmos o desmatamento, se não dermos fim às queimadas, em poucos anos a vida na Terra estará em risco incalculável! Pensem em nossos filhos. Que espécie de ambiente vamos deixar para eles?

Ninguém levava muito a sério o doutor Gibran, o cientista do fim do mundo. Era muito radical nas suas idéias: defendia, por exemplo, que os automóveis deveriam ser banidos. Que todo mundo deveria andar de bicicleta, por não poluir nada. "Um carro levando uma só pessoa é um absurdo!" Ele acreditava que, se todo mundo andasse de bicicleta, o problema do aquecimento ficaria muito mais fácil de ser resolvido.

Por uns dez anos mestre Gibran rezou a ladainha das bicicletas salvadoras do futuro, mas ninguém lhe deu ouvidos. Acreditava-se que havia um pino solto na cabeça do doutor cientista. Assim foi, até que apareceu nesta terra abençoada por Deus coisa nunca vista em derredor de mil anos. Algo de que nem os índios, os mais antigos moradores, davam notícia.

A fera veio girando, furiosa, destroçando tudo pelo caminho. Professora Cremilda, catedrática em Geografia e atéia de nascença, ao ver o bicho desmontando um caminhão de lixo, engoliu o chiclete e pediu arrego ao Divino:

— Jesus, me defenda!

2 – TEMPO DO SONO: REDEMOINHO EM QUE SACI NÃO PEGA CARONA...

Era um furacão desses bem gordos e rugidores que a gente de nossa terra só conhecia em fotografia e tela de cinema. Chegou todo atrevido, arrotando trovões, fazendo e desfazendo! Limpou a cidade, do focinho à ponta do rabo! Não respeitou sequer a autoridade do prefeito, que, com cadeira estofada de veludo, foi o primeiro a entrar pela boca de aspirador do monstro, seguido de dona Fifi, sua fiel secretária.

O povo, despreparado para combater furacão, não sabia o que fazer nem para onde correr. Arnaldo Nogueira se agarrou, com a família, na segurança de uma árvore de raízes fortes. A última notícia é que foram transplantados lá para as bandas da Argentina.

Betânia de Castro mandou os filhos para o porão, que dizem ser o local mais seguro para se abrigar dos desmandos do vento. Que nada! Porão de segurança deve ser bem enfiado nas profundezas da terra e aquele era à flor do chão. Com um tapa de ar, o tornado esparramou Castros por uns quatro quilômetros.

Mariano Manco tentou fugir de carro. Rodou tanto no vendaval que, quando deu por si, em vez de ir estava vindo!

Na Panificadora Santa Clara, bem que tentaram resistir. Trancaram portas, janelas e ainda bateram uns pregos de reforço. Mas não houve jeito: o esperto furacão arrancou o chapéu do telhado, sugando a última fornada de rosquinhas,

sem deixar pagamento. Joaquim Caiado, agarrado a uma coluna de concreto, deixou vazar por entre os fios de seu bigode a seguinte indignação:

— Volta cá, ladrão! Ladrão!

A única pessoa que não teve o topete revirado pela fera de vento foi Dora Doida, moradora de rua, que sofria de afrouxamento das idéias:

— Logo eu, que estava doida pra dar uma voltinha!

Até Luciana saiu voando com cama e tudo do hospital, indo cair, graças a Deus, no fofo de uma plantação de algodão. Desse dia em diante, Dinha decidiu cuidar da filha em casa, numa cama cimentada no chão.

O pé-de-vento dos infernos aparecido na Terra de Santa Cruz desmontou cinco municipalidades. Uma catástrofe jamais vista! Tito Márquez, habitante da roça, não aceitava a tragédia:

— Eu pensava que esse troço de *cicrone* só dava no estrangeiro.

Foi só depois do drama que o povo passou a prestar mais atenção às falas do doutor Gibran. Mas a gente do governo continuou dando de ombros e nada fez para impedir que a Natureza continuasse a ser agredida. Infelizmente, o estrago causado pelo furacão Itamar não foi suficiente para sensibilizar as autoridades. Então, sucedeu a grande seca...

3

Tempo do sono:
Rebola com parcimônia

Durante ano e meio não caiu uma gota de água do céu. O ar ficou seco, tudo ressecou, a pele do povo esfarelava ao coçar-se. Era necessário usar chapéu, calça e camisa de mangas compridas, pois, se o calor do sol tocasse na pessoa, a pele fritava igual a hambúrguer na chapa. Uma coisa tenebrosa! Nas fazendas, as vacas estavam de costelas de fora, e o plantio, todo estorricado, mais sequinho que bacalhau na Semana Santa.

No sítio de seu Totonho Sabino sucedeu fato inusitado. Na hora do sol a pino, o calor foi tanto que o milho da lavoura virou pipoca! E Totonho disse para Elza, sua mulher havia trinta anos:

— Pra acabar com esta seca, só adotando medidas drásticas. Vou ter que fazer uso da dança da chuva aprendida por meu avô nos Andes, com os antigos e extintos índios tituquakas.

Totonho tirou do fundo de seu baú de segredos de família

um traje especial para a folia. Um cocar de penas vermelhas e uma mantilha trançada com lã de lhama dentuça, que é de especial serventia, segundo seu finado vovô, para atrair águas e trovões. Dona Elza, mulher cautelosa, que não dava ponto sem nó em seus cortes e costuras, tentou precaver o marido, especialista em meter os pés pelas mãos:

— Totonho, Totonho! Veja lá o que está fazendo! É um cocar de muitas penas... É lã de lhama em demasia...

— Fique quieta, mulher! Cuide da linha e das agulhas, que no ritual da chuva eu sou diplomado!

O grande herói subiu no coreto da praça e desembestou a balançar penacho e linhas numa dança sem pé nem cabeça. É de se ver que, cinco minutos depois, o céu já estava coalhado de nuvens?! O povo, entusiasmado com o resultado, incentivava:

— Vai, Totonho! Rebola mais de banda, que a chuva cai!

Dito e feito. Choveu. Mas uma chuva fininha, de gotinhas magrinhas, que secavam antes de chegar ao chão. A platéia começou a dar palpites:

— Requebra mais para a direita! É o lado que parece engrossar os pingos.

— Bota mais molejo na região do umbigo, para a água tomar corpo, que ela está de molhar bobo!

— Totonho, destrava esse quadril! Chuva mansa, o mato não agradece!

Diante de tanto incentivo, parou de economizar no sacolejo, soltando as rédeas do rebolado, a fim de aumentar o calibre dos pingos. Nem carecia tanto. A verdade é que desceu um toró de fazer enxurrada virar rio! O povo todo correu, assustado com os trovões. A água foi subindo, subindo, e só não cobriu Totonho porque ele buscou abrigo no alto de uma palmeira espetada na praça.

De lá de cima pôde ver, rodando nas águas, a casa de madeira da velha Risoleta Quindim, mais um elefante do Circo Russo, o caminhão do Corpo de Bombeiros, o delegado, em companhia dos presos, além de sua amada esposa, que, mesmo carregada pela enchente, não parava com o tricô. Ao passar rente à palmeira de abrigo do marido, dona Elza, em voz severa, emitiu a seguinte reprimenda:

— Eu bem que te avisei, Totonho! Era pena em excesso, era lã de lhama dentuça em demasia!

4

O picolé derreteu

Apesar de o povo pôr a culpa do dilúvio na dança da chuva, o governo anunciou nos jornais e nas revistas que o aguaceiro era responsabilidade mesmo do tal aquecimento global, que, por capricho, gostava de alternar seca brava com dilúvio.

Foi só aí que o doutor Gibran perdeu a fama de maluco. Os governantes, seguindo seus conselhos, baniram os carros do mundo. O povo todo só podia andar a pé ou de bicicleta. Tração animal também estava proibida. Acontece que os bichos, inclusive o bicho gente, quando soltam um punzinho inocente, também contribuem para o aquecimento global. É que o pum nada mais é do que metano, um dos gases comedores da camada de ozônio e causadores do efeito estufa. Se cavalos, camelos ou lhamas fossem permitidos, aconteceria como com os carros. Cada ser humano egoísta iria querer o seu... Teríamos então bilhões de animais deixando escapulir gases pelo escapamento — coisa que a situação do planeta não permitia.

Outra atitude tomada para tentar reverter o aquecimento foi o reflorestamento. Isso porque as árvores absorvem os gases causadores do efeito estufa. As nações do mundo trataram de semear. Cada país tentou espichar sua floresta o máximo possível.

Também foi instituído um toque de recolher às oito horas da noite. Cinco para as oito a energia elétrica era cortada, pois a produção de eletricidade é uma das causadoras do efeito estufa. Assim, a vida das pessoas mudou radicalmente. Tudo ficou mais difícil. Dona Claudomira soltou da ponta da língua o seguinte lamento:

— Que tristeza! O que será de mim, sem a novela das oito! Passo sem geladeira, sem luz, sem liquidificador... Mas sem a novela das oito eu morro!

Apesar de tantos esforços e sacrifícios, o efeito estufa não perdeu poder. Pelo contrário, ganhava mais força. O processo de aquecimento tornou-se irreversível e, em poucos anos, a Terra ficou tão quente que não sobrou um floco de neve para contar a história. As calotas polares derreteram e todas as cidades à beira do mar foram tomadas pelas águas salgadas. No Rio de Janeiro, só restou o Cristo Redentor com a cabecinha de fora.

A bicharada foi a que mais sentiu; bicho de pena, então, ninguém via mais: era coisa rara. As plantas também estavam a caminho de desaparecer... A maioria já estava torrada; só restaram as mais valentes. Mesmo assim, a situação era tão grave que até cactos estavam mendigando água!

Foi nesse mundo miserável que Luciana despertou de seu sono profundo. Tudo que quis saber, depois de ouvir o sucedido nos últimos quinze anos, foi a única coisa que sua mãe não teve coragem de lhe contar:

— Onde está papai?

Recebeu então, molhada em lágrimas, a funesta notícia de que seu pai não suportou a falta de água e morreu ressecado.

Foi muito difícil para a moça adaptar-se à nova realidade. A vida antes do acidente ainda estava fresca na memória. A cidade colorida, as praças com flores e gramados verdinhos, fontes esguichando água para cima — coisas a que ela não dava valor... Agora, tudo era cinza tostado, sem verde de plantas para alegrar as vistas, sem asas de passarinhos no céu. Tudo era racionado. Cada um tinha direito a uma xícara de água por dia. Comida, quando havia, era mandioca encontrada já assada no fundo da terra e um ou outro cabrito selvagem que fosse achado dando sopa. Em alguns meses, a vida no planeta chegaria ao fim! Dura realidade!

As pessoas, prostradas de calor, esperavam, sentadas, a morte chegar. Luciana esperava também, pois não havia nada a fazer para evitar. Até que chegou à sua casa um viajante pálido, suplicando por uma gota de água.

O homem, à beira da morte, usou aquele último gole de água para descolar os beiços e a garganta, bem como para relatar a visagem que teve. Vagava pelo mundo em busca de comida e água. Um dia, deparou com uma grande cidade. Lá entrou em busca de sombra e água, porém tudo que achou foi o povo em pelancas, uma raça de gente hostil e sanguinária, que, para sobreviver, aprendeu a fazer chouriço de sangue humano! Fizeram-no então prisioneiro no alto de uma torre. Foi da pequena janelinha de sua cela que pôde avistar o dedo.

Era um grande pico em forma de dedo indicador, que se erguia sobre uma serra. À sombra dele, algo miraculoso acontecia. Tudo era verde, espetado com grandes palmeiras vassourando o céu, pássaros enfeitavam aqueles ares, e uma nuvem de umidade em forma de anel contornava a pedra. Por sorte ele conseguiu fugir para dar seu testemunho:

— Aquela pedra só pode ser o Dedo de Deus! Lugar sagrado! Acho que é lá que reside a esperança para a Terra. Alguém deve ir até lá e pedir ao Criador por nós. Pedir pela vida! É só seguir a leste! Não há erro! — indicou, suspirou e morreu.

Com a disposição de quem dormiu quinze anos, Luciana decidiu enfrentar a viagem até o Dedo de Deus e lá implorar pela vida na Terra. O povo da cidade decidiu colaborar, e todos ficaram sem beber sua cota de água do dia, enchendo um cantil inteiro do precioso líquido, para que a moça pudesse fazer a jornada até a montanha.

A serra em forma e graça de dedo ficava no rumo do sol nascente. Era uma jornada longa e perigosa. Ananias Melo, que no tempo de juventude era caixeiro e conhecia todos os caminhos deste Brasil, deu dicas valiosas para que Lu chegasse a salvo ao dedo pétreo:

— Siga a estrada de terra cozida e trincada em que se transformou nosso querido rio Belo. Sua nascente era justamente na cordilheira onde fica o indicador rochoso. Não há como você se perder.

Assim fez nossa heroína e, após receber um beijo e a bênção de sua mãe, botou pé no rio seco, tendo o coração transbordando de esperança.

5

O calango das pedras-de-fogo

Já na primeira curva da estrada rachada, Lu foi assombrada por um cenário desolador: uma floresta incendiada. O carvão das árvores ainda fumegava e uma densa fumaça branca cobria tudo. Era uma nuvem tão espessa que a moça logo foi enredada pelas voltas da fumaça e se perdeu do caminho do rio. Muito andou perdida na cegueira da bruma, até que uma lufada de ar limpo rasgou o embaçado.

— E esta agora! Estou perdida! A fumaça me fez sair do caminho do rio!

Pior era que a pobrezinha achou de se perder logo no deserto da Fervura, reino de um sol perverso forrado de areia fina. O lugar ganhou tal alcunha, pois, sob a constância das altas temperaturas, a água, quando se achava, fervia nos poços e depois continuava fervendo nas cabaças e cantis. Só parava de borbulhar nas cercanias do areal. O mais preocupante, porém, era que ali habitava uma nova raça de calangos gigantes e carnívoros, gestada nas ondas das radiações solares. Lu não sabia de nada disso e não franziu a testa de preocupação. A única coisa em que pensava era voltar ao rio ressequido.

Os lagartões não eram assim tão distraídos. Logo que viram a poeira levantada pelas sandálias da moça, armaram posição de caça. O calor era tanto que, quando ela viu aquela bocarra com duas fileiras de dentes pontiagudos enfileirados, pensou tratar-se de uma miragem.

— Coisa mais esquisita! Eu achava que miragem dava aparição em formato de fonte de água, chafariz, cachoeira, oásis e essas coisas de quem tem sede. Agora, uma bocarra de dragão, nunca imaginei...

Não fosse aquela mão amiga puxá-la pela manga da blusa, terminaria engolida pela goela escancarada do bicharrão.

— Corra, lambisgóia, que o calango quer devorar você! Corra!

Só aí se deu conta de que a tal bocarra não era coisa de ilusão.

— Nuca vi calango do tamanho de crocodilo! — disse, enquanto fugia em desabalada carreira.

— Nesses confins de chão queimado existem muitos bichos novos que olho de gente ainda não conhece! Corra que o malvado estava com uma medonha careta de fome!

De tanta raiva, o lagartão estalou o chicote do rabo! Sim, porque o petisco já estava no papo! Já havia devorado muito viajante, fingindo cara de miragem. Não fosse o velhote, a garota estaria agora no forro de seu bucho. Reclamou ainda mais quando viu que os dois fugiam em direção da toca de seu irmão, Genésio Sanguinolento, que não dividia comida com ninguém. Era calango de apetite bem largo, capaz de acomodar o velho e a moça, a ponto de não sobrar um pernilzinho sequer.

— Egoísta! Há de ter uma indigestão!

No liso das pedras-de-fogo, Genésio fez seu covil. Eram minerais espelhados que refletiam os raios solares. Abrigo melhor contra a luz da morte não havia em lugar nenhum do mundo. Tirava o animal a soneca da digestão, pois havia acabado de devorar nada menos do que dois cabritos. Foi despertado por um resfolegar que vinha do lado de fora. Era Luciana, que parou exausta à sombra das pedras, para recobrar o fôlego.

— Não sei como posso agradecer ao senhor!... Não fosse o puxão que me deu... — reconheceu, arfando.

— Estou aqui para ajudar, Luciana.

— Como sabe meu nome?!

— Você me disse.

— Foi? Não me lembro. Com essa corrida deve ter faltado oxigênio no meu cérebro. E o seu nome, o senhor me disse?

— Disse, mas você não leu. Meu nome é Magen.

— Pois é, seu Magen, eu estou perdida aqui, neste deserto. O senhor também?

— Não, estou apenas de passagem. Estou indo para o oeste.

— Eu preciso voltar ao leito seco do rio Belo. O senhor poderia me indicar o caminho?

Antes que o velho pudesse responder, saltou de entre as pedras Genésio Sanguinário, o qual, apesar de bem almoçado com dois cabritos, não ia deixar passar carne de gente, que era especial para seu paladar. Foi outra vez aquela correria atrapalhada no chão fofo e quente do deserto. Lá pela metade da carreira, o calango deixou de correr atrás da comida, para correr junto com a comida. A esta altura da confusão, Luciana já não entendia mais nada e, cuspindo areia pelos cantos da boca, perguntou:

— Mas que maluquice é essa?

— O lagarto também está fugindo.

— Mas ele não estava nos perseguindo?

— Estava. O caso é que ele também tem medo do buraco.

— Que buraco?!

— Buraco de Ozônio. Olhe para trás.

Do céu descia um feixe de luz intensa incandescendo o chão, um raio *laser* dos infernos que fazia os grãos de areia estalarem igual pipocas. Se a luz os alcançasse, seriam mortos instantaneamente. Magen, contudo, sabia o que fazer. Correu em direção a algumas pedras e puxou Luciana para o escudo de suas sombras. O calango também tentou se abrigar, mas a penumbra era muito pequena para acomodar tanta maldade. Acuado e sem ter para onde ir, o lagartão decidiu saltar de banda e tentar voltar para o seu esconderijo nas pedras-de-fogo. Qual o quê?! A coluna de luz inventou curva inesperada no meio do caminho e fez Genésio a passarinho.

Depois de liquidar com o bicho, o Buraco tomou rota de colisão com a moça e o velho. Luciana não tinha muita confiança na proteção do sombreado. Quando a claridade maligna se aproximou, tapou os olhos com as mãos, de tanto medo. O mais que sentiu foi um calorzinho nas pontas das orelhas.

6

Um sopro no umbigo

O velho Magen levou Luciana de volta à estrada do rio seco, embrulhada em recomendações:

— Se aparecer o Buraco de Ozônio, corra para a sombra mais próxima. Ande mais três quilômetros e avistará, à margem esquerda do leito árido, uma cidade estorricada. Então, não entre nela em hipótese alguma. Entende? Depois que passar por uma cruz de pedra, tome cuidado com a chuva. Se chover, esconda-se numa das cavernas. Não se molhe e não beba da água dessa chuva. Ao fim do rio trincado, encontrará mato verde. Lá fica um guardião. Ele lhe pedirá a senha. Responda: "Torre Forte".

— Nossa! Quanta recomendação! Eu tenho que anotar... Uma caneta... Ora, caneta!... Como sou boba! No fim dos tempos não existe caneta, nem papel, nem água, nem comida...

Enquanto Lu se lamentava, parou de prestar atenção às palavras de Magen, que, ao terminar seus conselhos, afastou-se de mansinho. Quando a moça terminou os queixumes, o viajante já estava bem longe!

6 – UM SOPRO NO UMBIGO

— Ei, Magen! Espere! Não sei se entendi direito! Se eu entrar na cidade, não bebo água da chuva? É isso?

— Não posso mais ficar! Tenho que chegar ao meu destino antes do pôr-do-sol.

Nossa heroína ficou sozinha novamente. Diante dela uma longa estrada. Mas agora, ao menos, tinha os conselhos do velho para seguir, isto é, se conseguisse lembrar-se deles, bem entendido.

Andou mais um bocado, e eis que a sede apertou o gogó.

— Ainda bem que estou com o cantil cheio até a boca!

Quando desenroscou a tampa, tudo que saiu foi um vaporzinho morno! A água evaporou-se no deserto da Fervura.

— Ai, ai, ai! Estou sem água! Não sobrou nem uma gotinha...

Pensou em desistir, mas não sabia ao certo se estava mais longe de casa ou do Dedo de Deus. Arriscou andar mais um pouco, indo até onde a sede permitisse. À margem esquerda do caminho, cresceu, soberba, apoiada num montão de pedras, a muralha enegrecida da Cidade Estorricada.

Apesar de suja de fuligem e manchada de carvão, a urbe exibia grandes prédios e suntuosos palácios que ostentavam chapéus dourados em forma de abóbadas e cúpulas. Sacudiu o cantil cheio de ar e disse de Luciana para Luciana:

— Cidade dessa grandeza deve ter pelo menos um pocinho de boa água. Quem sabe não me abasteço lá?

E foi empurrada pela sede, esquecida dos conselhos de Magen. Os grandes portões da cidade estavam abertos, e a moça entrou, batendo educadas palmas, fingindo cerimônia:

— Com licença! Com licença!

No interior das muralhas, a cidade era mais impressionante: largas avenidas ladeadas de estátuas de bronze. Havia também várias fontes de mármore, mas nenhuma vertia água; estavam todas secas. A cidade parecia deserta; não havia nas ruas um vivente sequer. Apesar de não jorrar água das fontes, Luciana não desistiu e continuou procurando. Seus olhinhos curiosos tanto vasculharam que encontraram, escondida entre as torres, uma grande caixa-d'água. Amparado em três pernas de concreto, erguia-se o reservatório à altura dos passarinhos. De lá daquelas alturas descia um cano largo que morria numa torneira dourada cá embaixo.

— Deve ter água — afirmou, toda otimista.

Quando pousou os dedos nas orelhas da torneira, soaram os alarmes — Fuiiimmm... Uooommm!... Fuiiimmm!... Uooommm!... Um barulhão de estremecer as orelhas. De súbito, a cidade se encheu de gente pouco amiga. Um povo feio, metido em traje de pelancas. Arrastavam atrás de si a muxiba das popas. Dos ossos pendia a pele amarrotada, na ponta do queixo balançava a papada. Luciana tentou correr, mas logo foi aprisionada pelos pelancudos, que, apesar de lentos, estavam em grande número. Tentou, então, saída diplomática:

— Estou em missão de paz! Só queria um golinho de água.

Responderam lá algo que a moça não entendeu, certamente boa coisa não era. O lábio superior despencado sobre a boca impedia que as palavras saíssem inteiras, e tudo o que se ouvia eram estranhos sons produzidos pelo ar saindo pelos cantos dos lábios murchos. Era algo parecido com barulho que se escuta ao soprar um umbigo — Pfuuummm!...

Aquela gente horrível de tez escorregando pelos ossos era o que restava dos habitantes da outrora rica cidade. Gorduchos opulentos que passavam horas à mesa, no regalo de ceias, de festas e banquetes. Quando o aquecimento global pôs fim ao eterno rega-bofe em que viviam, danaram a perder peso. Na estufa que virou o planeta, emagreceram, suando em bicas e perdendo toda a banha. Restaram apenas ossos e um montão de pelancas.

Pobre Luciana! Foi atirada numa cela escura. Tudo ao seu redor era igualzinho ao que tinha descrito o viajante moribundo, com os mesmos parágrafos, pontos e vírgulas. Da pequena janela gradeada, realmente podia ver a montanha apontando para o céu, cercada por uma floresta verdejante e enfeitada com pompons de nuvem. Desejou imensamente estar ali e descobrir se Deus realmente lá habitava, como acreditava o homem, que até o momento só havia dito a verdade... Era o que também muito a preocupava:

— Se não me falha a memória, segundo a história, logo virão aqui as pelancas a fim de tirarem meu sangue para fazer chouriço... Ai! Pobre de mim!

Neste instante, a porta de ferro do cárcere se abriu, rangendo triste nos gonzos. Já esperava pelo pior, mas do aberto da porta saltou um menino tinindo em seus dez anos de idade.

— Que faz aqui, menino? Não tem medo de pelanca?

— Eu não! Só do boi da cara preta... Aquelas muxibas de lesma não podem com a esperteza de um menino como eu! Peguei a chave da cadeia num zás-trás e ninguém viu — contou a criança, sem parar de saltitar um segundo sequer.

— Nossa! Quanta energia! Você tem bebido muita água?

— Mais que você, eu acho...

— Como se chama?

— Meu nome é Palar. E você é Luciana.

— Como é que sabe meu nome?!

— Magen me contou. Ele me enviou aqui para libertar você.

— Ah, Magen! Aquele velhinho gentil.

— Ele mesmo, enfeitado de barba branquinha de algodão.

— E como é que o danadinho do Magen soube que eu estava encrencada?

— Magen sabia que você esqueceria os conselhos dele e acabaria presa aqui. A maioria das pessoas não resiste e entra na Cidade Estorricada.

— Já que é assim, o jeito é deixar você me salvar, então...

— Fácil, fácil! É só você me seguir.

Palar guiou Luciana com segurança pelos caminhos ocultos da Cidade Estorricada. Eram passagens secretas que só mesmo a peraltice do menino conhecia. Depois de muito sobe-e-desce de escada, saltarem muitas janelas e rastejarem por passagens estreitas, Palar devolveu Luciana à liberdade.

— Obrigada! Muito obrigada, menininho!

— Não precisa agradecer. Agora, é só você seguir o caminho do rio trincado.

— Você não que vir comigo? O Dedo de Deus é um lugar muito bacana.

— Não posso. Não devo chegar muito tarde em casa.

— Adeus, então!...

— Tchau! Não se esqueça de seguir os conselhos de Magen!

7

A espada do fogo aceso

Pouco depois de despedir-se de Palar, Luciana — Oh, que maravilha! — encontrou uma fonte de água cristalina. Bebeu água até sair pelas orelhas e ainda encheu o cantil. Remexendo os arrependimentos dentro do peito, resmungou:

— Nem precisava ter entrado naquela cidade maldita para pegar água!

Mais adiante, topou com uma enorme cruz de pedra. Era nove vezes mais alta que ela.

— Que cruzeiro mais bonito! Se a memória não me falha e a vista não me pisca, Magen disse algo a respeito. Que foi mesmo...

Franziu a testa, espremendo a memória, até que escapuliram dela os dizeres do velho:

"Depois que passar por uma cruz de pedra, tome cuidado com a chuva. Se chover esconda-se numa das cavernas. Não se molhe e não beba da água dessa chuva."

Era mesmo verdade, depois do crucifixo surgiram grandes

cavernas nas margens da estrada, esculpidas pelo poder da água, nos tempos em que ainda corria o rio Belo.

Não tardou muito, começou a cair uma garoa fina, assim como previra Magen. Mas era uma chuva tão fininha, que Luciana pensou:

"Chuvinha mais boba! Besteira me entocar num buraco por causa dela. Tenho pressa de chegar ao Dedo."

Bastou um minuto de garoa fina para a pele da moça arder. Era chuva ácida causada pela poluição atmosférica. Então, despencou aquele toró repentino — Chuááá!... —, que apanhou Lu a meio caminho do abrigo dos grotões. Num instante, a roupa da coitada virou estopa! O cabelo foi ficando pelo caminho! Quando, enfim, chegou ao coberto, estava esfarrapada e com o penteado parecido com o do palhaço Ananias do Circo Russo: cinco fiapos no cocuruto da cabeça e dois espanadores saindo detrás das orelhas, que foram os lugares que o ácido não alcançou!

A chuva logo passou. Aí, foi só esperar o chão parar de ferver, para poder seguir jornada. Passada a região das cavernas, o rio seco fez uma curva e a moça já pôde avistar a montanha mágica. O leito rachado foi se estreitando, até que terminou em forma de funil num bosque verdejante à sombra do Dedo de Deus.

Xiii!... Uma enorme espada flamejante guardava a pas-

sagem. Ao ver a moça careca, o fogaréu expeliu a seguinte zombaria:

— Deu piolho, foi?

Pensou em dar uma resposta mal-educada, mas não achou prudente provocar a tal lâmina em chamas.

— Não. Foi uma chuva ácida que apanhei pelo caminho...

— Acho que não está seguindo os conselhos dos amigos.

— Não é por mal. É que às vezes eu me esqueço...

— Então, o que deseja? — disse a espada chamejante, parecendo acessível.

— Eu desejo entrar nessa floresta. Tenho que encontrar Deus. Estamos precisando de ajuda e acho que ele se esqueceu de nós...

— Não é preciso entrar aqui para encontrar Deus. Você pode encontrá-lo aí fora mesmo.

— Verdade?! Ele parece não estar aqui...

— Ele está aqui dentro e aí fora! Mas, se você insiste em falar com ele no bosque, bastará dizer a senha. Eu pergunto e você responde: a quem pertencem estas terras verdes?

— Essa é fácil! Magen me contou. Muito fácil. Facílimo!

— Qual é a resposta, então?

— Pertencem à Torre... Torre... Torre...

— Meia senha não basta para abrir passagem.

— Já sei! Já sei: Torre Grande!

— Errado.

— Torre Alta.

— Passou longe.

— Torre Gigante.

— Não.

— Torre Larga.

— Hum-hum! Só mais uma chance.

— Tudo bem. Torre Grande eu já falei?

— Já... — respondeu a espada, alongando as labaredas, demonstrando impaciência.

— Não precisa se irritar. Deixe-me ver... Lembrei: Torre Forte! Estas terras pertencem à Torre Forte!

— Bem-vinda à sombra de Deus!

A lâmina de fogo se ergueu, dando passagem a Luciana. Esta, ao pisar o solo da Providência, teve instantaneamente restaurados os cabelos e as roupas. Mesmo sem ter comido nada, sentia-se forte e alimentada. A pele retomou as cores e os olhos se acenderam.

Em honra da visitante, da aba das nuvens em redor do dedo de pedra precipitou-se uma chuvinha carinhosa de água pura e cristalina, que lhe refrescou a fronte escaldada pela penosa jornada. Unidas, as gotinhas de boas-vindas estenderam no céu um arco de sete cores — lembrança de uma antiga aliança. E, apesar de não haver nenhum braço por perto, Luciana sentiu-se abraçada e acolhida como nunca em sua vida!

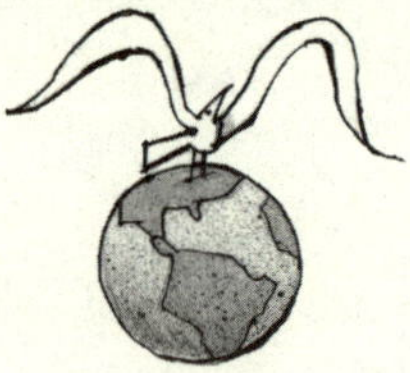

8

A escolha

Luciana refestelou-se à sombra do Dedo de Deus, onde prosperavam espécies de árvores dadivosas em frutos saborosos e suculentos. Comeu todos quantos agüentou! Do chão, vertiam, por estreitos buracos, leite e mel. E, de hora em hora, pãezinhos adocicados choviam do céu. Não pensem que Lu ficou no bem-bom, espichada em relva macia: entre uma boquinha e outra, tratava de procurar Deus, pois, afinal, era para isso que estava ali. Olhou em cada cantinho do bosque e nada de Deus! Quem deu dica preciosa foi um cabrito montanhês a caminho da serra:

— A moça quer saber onde está Deus?

— Ele mora aqui, não mora?

— Também mora aqui. Eloim gosta de ficar no topo da montanha em forma de dedo. Pode procurá-lo lá também.

— Eloim? Você não me entendeu. Quero saber onde está Deus.

— Deus tem vários nomes, Luciana. Suba a montanha e encontrará o que procura.

— O senhor se importa em me dar uma carona? Não sou boa de escalada.

O cabrito foi pulando de pedra em pedra, com Lu segurando-se como podia em seu cangote. Em pouco tempo, já haviam alcançado o cume da montanha.

Lá, um velho estava sentado numa cadeira de madeira, de costas para eles. Luciana indagou, gaguejando de medo e nervosismo. Afinal, não é sempre que se fala com Deus:

— Deus?

— Não acredito que esteja com medo de mim... — respondeu, virando-se para ela. E que surpresa!

— Magen, seu velho danado!... Que está fazendo aqui, nestas alturas? Na sua idade, escalada pode ser perigoso.

— Luciana, não reconhece o que tanto procurou? Magen, Palar, Torre Forte, Eloim?!... Estes são alguns dos meus nomes.

— O senhor é Deus?

— Sim.

— Então, por que não nos ajuda? A vida está acabando! Magen, você não nos ama mais?

— Amo e amarei sempre. E, por muito amar, dei a vocês o direito de escolher. Sabe, os homens não têm feito escolhas muito boas nos últimos tempos. Infelizmente, o caminho escolhido pela humanidade foi o da extinção. Agredir o meio ambiente é o mesmo que escolher a morte. Eu dei a opção entre a morte e a vida. Vocês é que escolheram errado.

— Não há nada a fazer?

— Lu, você acredita que veio até mim para pedir socorro. Mas a verdade é o oposto... fui eu quem vim lhe pedir ajuda. Logo você irá compreender tudo.

— Mas como eu posso ajudar o Senhor?

— É só fazer a escolha certa. Escolha sempre a vida. Você irá perceber em breve que ainda há tempo de optar pelo caminho da paz e sair da guerra. Sua missão é espalhar esse S.O.S. para o mundo: escolher a vida!

— Prometo ajudar, mas e se os homens insistirem em suas escolhas erradas?

— Então, acontecerá isto...

Foi a justa resposta de Deus, apontando o indicador para o céu. O tempo fechou, nuvens negras cobriam rápido o sol, um furacão começou a formar-se a oeste da montanha, destruindo a Cidade Estorricada. Um raio escorregou das nuvens e caiu sobre Magen, que desapareceu em fagulhas.

Lu ficou sozinha no vendaval. Mais raios caíram e incendiaram o bosque ao redor da montanha. A bicharada fugia assustada. O calor e a fumaça, carregados pelo vento, subiam até o cume e asfixiavam a moça. Como se não bastasse, houve um terremoto, e uma bocarra de vulcão escancarou-se ao redor

do Dedo de Deus, espirrando lavas e cinzas a torto e a direito. A pedra amolengou-se ao calor do magma incandescente e foi afundando devagarzinho. Em cima dela, a moça não sabia para onde corria! O dedo submergiu por completo, e Lu fugiu da quentura, subindo na cadeira em que Deus estava sentado e que miraculosamente não se queimava na lava! A cadeira, contudo, perdendo o apoio do dedo a derreter-se debaixo dela, começou a afundar também. Luciana fez a única coisa que podia, ou seja, gritar em desespero:

— Magen! Palar! Torre Forte! Eloim! Socooorro!

— Lu! Lu!... Acorde! Você está sonhando, querida! — acalmou-a a mãe.

— Há quanto tempo estou dormindo? — perguntou, assustadíssima.

— Faz uns cinco minutos que você cochilou aí, no sofá! Chegou muito cansada da faculdade, né?

— Eu sonhei que tinha dormido quinze anos seguidos!

— Se eu deixasse, você dormiria mesmo!

— Mãe, é serio! Foi o sonho mais maluco da minha vida. Tudo parecia verdade.

E Luciana acordou feliz, feliz, com a oportunidade de escolher um futuro melhor.

Ainda é tempo!

Tiago de Melo Andrade

Arquivo Pessoal

Tenho trinta anos. Moro em Uberaba, Minas Gerais. Estudei História por um tempo, mas acabei me formando em Direito. Escrevo livros infantis e juvenis desde 2001, quando recebi o Prêmio Jabuti na categoria autor revelação. Durante estes anos publiquei vários livros e tive a felicidade de conhecer ótimas pessoas engajadas na formação de um país leitor. Foi muito bom entrar para esta turma que teimosamente não desiste das Letras e acredita num futuro de muitas histórias para o nosso Brasil.

S.O.S. – A vida pede socorro é um livro comprometido com a consciência ecológica. Em 2007, o aquecimento global passou de ficção científica a problema real, conforme consenso de governos e cientistas. Ficou claro que sem a contribuição de cada um de nós o caos no clima é inevitável. É para nossa responsabilidade individual que o livro aponta, levando o leitor a uma reflexão sobre como seu estilo de vida pode contribuir para futuras calamidades. Essa reflexão tira a responsabilidade das catástrofes ambientais das costas de Deus ou do destino, entregando a conta a quem é realmente devedor da Natureza: o homem e seu estilo de vida predatório.

Você pode saber sobre o assunto nos seguintes endereços eletrônicos:

http://www.aquecimentoglobal.com.br

http://ambiente.hsw.uol.com.br/aquecimento-global.htm

http://www.terrazul.m2014.net/spip.php?article231

VIDA

Marcelo Brücke Caribé

Renata Godoy Caribé

Meu nome é Marcelo Brücke Caribé, nasci em 1971. E desde sempre estive entre desenhos e pinturas; tenho guardado um caderno de quando tinha apenas três anos. Toda criança desenha, eu sei! Mas eu continuo até hoje. Este é o meu trabalho. Também sou professor. Adivinhem do quê? Lógico, de desenho e pintura.

Formei-me em Desenho de Comunicação no colégio técnico Carlos de Campos, no ano de 1990. Já fiz muitas coisas como ilustrador: livros infantis e didáticos, ilustrei muitas revistas, trabalhei com publicidade, fiz expressão social (cartões de aniversário), histórias em quadrinhos etc.

E o legal é que eu nunca enjôo, porque há muitas possibilidades! Cada trabalho é um novo universo. Às vezes, estou ilustrando pássaros pré-históricos, outras vezes personagens de videogame. Sempre estou aprendendo um pouco mais.

Gosto de experimentar, sempre busco novos resultados. Neste livro mesmo, usei nanquim, spray, um monte de colagem e um pouco de recursos do computador. Mas também já usei café, água sanitária, barbante, ferrugem e, é claro, todas as tintas convencionais.

Acho que tudo isso pode ser resumido em uma palavra "comunicação". É isso mesmo, todo mundo tem um monte de coisas para dizer. A minha maneira de me expressar é por imagens, mas também gosto de uma boa prosa. Aliás, quando vocês passaram os olhos sobre as ilustrações que fiz, me conheceram um pouco também. Acho que todo artista ou escritor deixa uma parcela de si em cada trabalho.

Então, prazer em conhecê-los.

Obrigado a todos. Em especial a minha esposa Renata e ao meu filho Heitor.